野兽和花朵

游天杰 著

长江出版传媒 | 长江文艺出版社

游天杰

1987年生，雄性。非著名诗人，曾写过小说，兼事图书策划。出版诗集《时光字典》《骰子的秋天》《小镇上》三部。

每个人的梦想与现实都有一段距离，那就是诗意。

我尝试在上面找到立足之点。

这个春天

迟迟不动心

站在樱花树下

独享一人的愉悦

有山，有云

有故事

你我之间

隔着一支勿忘我

阳光有种古旧的朴素的感觉

天下过了雨，山峰轮廓分明

天际渗出一抹清凉的蓝

亲爱的，你一个吻

构成了春天的全部

天空，屋顶，清风

阳光，绿萝，桌子

美好的一天总是从

你的莞尔一笑开始

风吹过了我
也吹过了你
请风把我所有的祝福带给你

四月

读《枕草子》
炽热的飞鸟
挤进谜语

没有开始或结束

没有风，我在孤独中前行

树叶掉落下来

在某个确定的地点

我不知何故在等待

清晨，阳光响亮

鸟语篡改了天空

无风，几朵野花

点缀着空山

两点之间

最远的距离

是遗忘

某个孤独的日子，我称读书为“溢美”

隐喻里，一本大部头书是一片“云彩”

去掉这些喻义，云彩就会成为一块石头

阳光很好，照在你的脸上

像轻轻晃动的碧玉

这丰盈的时刻

阳光很好。对我用尽酷刑

清爽的拂晓沿着山路行驶

银杏叶纷飞的路上

圆滚饱满的音乐和愉悦感

袅袅轻烟的漫不经意

我想你……

紫藤开在这个闷热的午后

街上一辆洒水车轰隆驶过

淡紫色的风铃声

在我心头荡漾开一丝凉意

一边看云一边想你
空气中散发着樟木的清香
我突然渴望你自行车的清脆铃铛

因为一滴眼泪
看见了一个女孩心中的王子

爱过

哭过

笑过

够了

春色开阔，眺望窗外

桃花明媚

山岬之间

一颗种子爆裂的声音

当你低下头时
一切都圆满了

阳光和煦，昆虫嬉戏
油菜花在风中燃烧
梦所分解的颜色
你微笑的弧线

我在辽阔的时间中看日出日落
所有美的东西依旧跟你一样美

宛如洁净的你爱憎分明的你无所畏惧的你高贵的你纯粹的你绝望的你愤怒的你

邪恶的你美好的你万无一失的你无情无义的你战无不胜的你的你的你

令我沉默的
是一片黄叶上的光

令我沉默的
是一只彩色的苍蝇

令我沉默的
是一个人孤绝的笔

春日寂静无声
嘴里咀嚼着苦涩草叶
看炊烟在傍晚抵达最高峰

此生此地

落叶和落叶纷飞

桃花浅埋

我以笑相应

远离你眼里无限的深情

越来越黑

就像太阳能让你暖和

错位

枕着影子

树叶飘落

你我相对

我爱那破碎的云彩
和起舞的光
落日
和黄昏的山峦

我爱那晶莹剔透的蓝
发亮的湖水
蘑菇、雏菊
满天星

我赤身裸体

站立群山之上

没有人比我

更近更紧地

逆着风

绿萝

紫藤

仙人掌

一页纸

和诗

我看见

一只蜘蛛

在空中编织着谎言

淡绿的芭蕉树下

小学生在读书识字

姑娘在日光里晾洗好的衣裙

和缓的风中

一只山雀飞来又飞去

午后，水的青色稍浅于
杨柳，静谧稍浅于
松影，鸟鸣稍浅于
文字流动的余温

蝉对我说

在天上的日子久了

心也想落地

起风了，阴影把阳光托起
烂漫的垂樱和没有色差的山
一起失守

一个黎明，一座山岭
藏在鸟和树之间的
秘密

从前的孩子
拉起弹弓
双眼发亮

从前的姑娘
抱着稻草
两眼迷茫

走过阳光深邃的原野
蒲公英在蓝光中漫游
昆虫在极乐的灌木世界里
小鸟飞蹿至高压线上

两个苹果掉进了天空
两辆自行车躺在花丛
两颗屏息凝神的果籽
在说悄悄话

看羊吃草
看傍晚的夕阳
看远去的狗和群山
看咴咴地抿着嘴笑的你

怀念小时候的那种寒冷
铁窗外
蝴蝶飞舞

一树杏花瞬间落了满地
步履未停
呼吸慢了
几拍

格格的春色

天青色的雨

记忆里的柳

和忘却的云

鲜花小径

鲇鱼吐香气

阳光不紧不慢

照在渐宽的衣带上

诗歌是

蛱蝶和少女的

笑靥

青苔

只在洁净处

生长

微光一闪

雨珠掉落

尘土绽开

蜜蜂忙碌了一生

甚至不知道

世界是个谜

我看见美好的事物
她却没有看见我

山就是山
水就是水
你还是你
一直是你

菩提树下

安然端坐

平和微笑

风小而美

字小而美

瓜果小

而美

初雪小

而美

我喜欢她的样子

小而美

我常怀告别之心

去做深爱的事情

午后小憩

短墙外

二三小鸟

夏日午后
明亮的风

松杉青翠
袖里装白云

一个人躺着
空旷无聊

生活无聊到我把书倒过来看。

夏日的午后，夏蝉嘎吱作响

盛满凉气的图书馆里，咖啡加书香

时光明亮，清脆的小日子

有书轻轻翻动的声响

你爱别人的方式

其实是在教会你

如何爱自己

你耽误了我最美的恋爱时光，

我恨你的每分每秒都是新的。

逆风追赶往县城的大巴

天上堆满了汹涌的云彩

像教堂一样静默伫立着

你，精致如水

我，挺立成山

鸟语

悬空

斟酌。静默

如果音乐是垂直的，
那我们就水平躺下。

风起

青山微澜

水波流转

逃进卧室的日光变得诡异

猫蹑手蹑脚蹿到我跟前

海的颜色越来越深

有一种强大
在穿越残酷世界后
仍保持善良

为了找到正确的路
有时必须走错方向

清风，艳阳
橘子，香气

你醒了
我睡了

一匹虱子

跳得很高

高得看不见了

无缘无故突然醒来

午后的风与光

化为鸟鸣

夏夜轻凉，风迎面吹来

你的秀发上有一点光亮

我的下巴压着你的乳房

看夜空里一颗孤独恒星

“你看见蘑菇云了吗？”

“没有。我没看见云。”

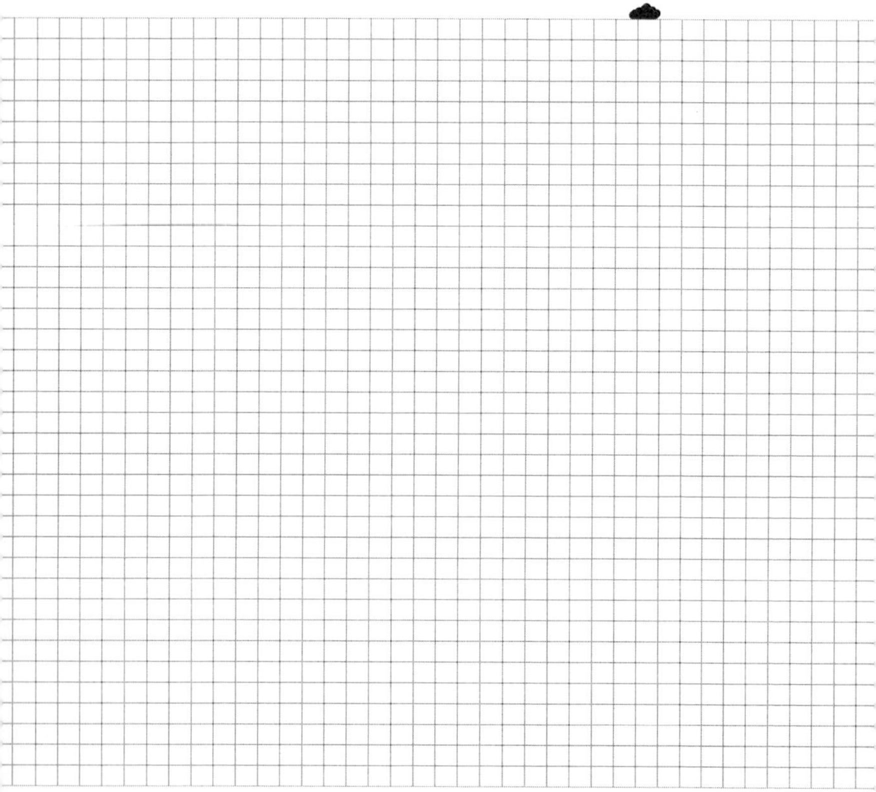

“你没有看见蘑菇云？”

“我看到一种蓝色的花只在清晨盛开，

到中午就消失了。”

力量随距离的平方递增是矛
力量随距离的平方递减是盾

在路上
却又不知
路
在何方

蜜

树脂

还是蜜

烈日浓稠

不动声色地

勾勒出她的媚姿

和我第一流的忧伤

微风和阳光起舞
虚掩处
花洒落一地

飞鸟钻进萧瑟西风
夕阳悠然滑下群山
唯剩渺小仰望的我
在天地间茫然定型

与时间默默对峙
却不与时间为敌

我不相信

一眨眼间

我相信了

坚持始终比放弃有温度。

时间像鱼缸里的一尾金鱼

忘记在来回碰壁之间

斑驳的静物

一半在阳光里

一半在阴影中

我看见了

一张慈祥的脸

我静静度过一只花猫的午后

午后
阅读，幻想
阳光、白树、雏菊、信笺
一些蝴蝶

此刻的你

像极了小城的天气

因我

在带刺的宁静里

写诗

而哭泣

条条小径有花香。

少爷，
“今晚月色真美。”
让我差点忘了，
吾辈是猫。

注：《少爷》《我是猫》皆是夏目漱石的名作。夏目漱石将“I love you”翻译成“今晚月色真美”，成为一段美谈。

时间是最好的蒙太奇。

云牵着山
海轻吻着天
路的尽头
看不见

午后
在平稳摇晃的车窗里
我仿佛把一辈子的觉
都睡完了

云水之间唯剩

　　万籁俱静的

心跳
⋮

她在这里阅读。这个光线强烈的中午，透过窗户

叶子在清绿的阳光中闪烁。面对清凉的夏日时光

“无从开始。”她说。枕着影子，树叶飘落着……

不言而喻，她躲进修辞里。阳光反射在她的脸上

失去了你

我才写出

自己的诗

无故无缘。

你一直放不下一些东西
铸成大米
饮醉而终

秋日渐短

信笺空旷

——诗意

瘦于菊花

海风吹拂松林
天边飞起
银色的鱼群

猫站起身
秋天还很远
落叶淅淅沥沥地飘落
天气有几分凉

自从失去了你

一切唾手可得

风吹散黄昏

松柏向天

树叶落下

她的身体是柔媚的小镇

朗朗的夜空里

一弯新月

如画

两颗草莓

相视一笑

羞红了脸

午后读书，南风送爽
阳光，花，溪和麝香
她的冰凉在锁骨缝里

◎

清晨的微风吹拂
一只金色的昆虫
收紧衣袖，悄悄
藏起田园的秘密

在人迹罕至的山谷
一只鸟
磨
损了声带

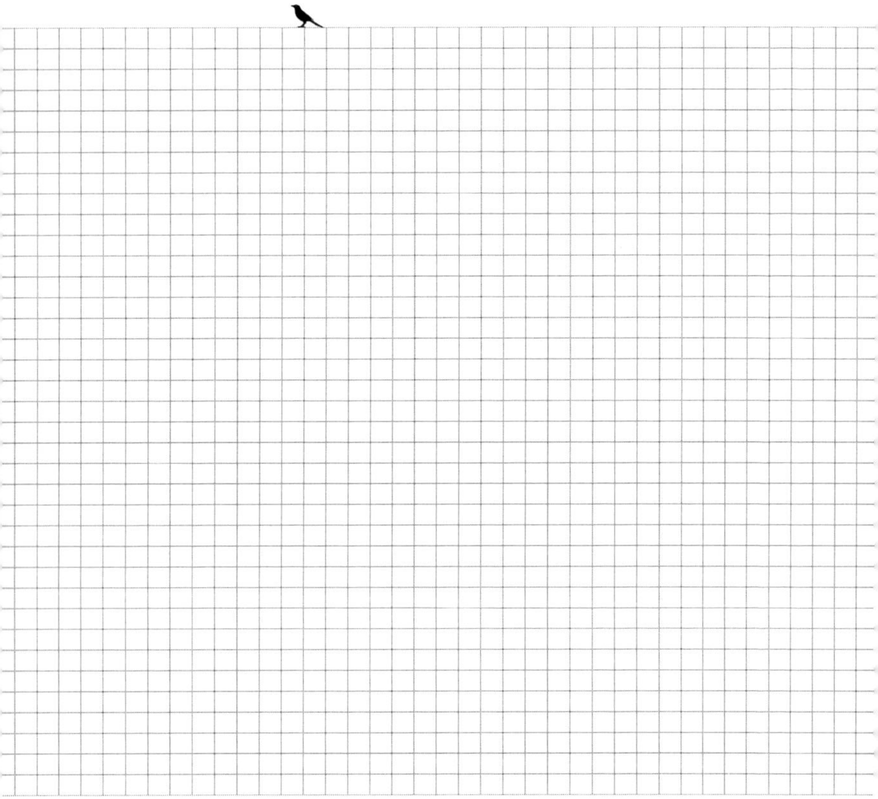

天蓝得
是蓝天该有的样子
阳光下，清风徐来
你，还是我梦中的样子

一个人

多年后重逢故人

看见伤心的向日葵

夏午

练习册

关于离别

爬山虎

旧事

寻鹤记

大雨刚洗劫过小镇
小山上阳光明媚
水面波纹微小
光在黑暗里
何其美好

想念是一粒淡蓝色的海盐
越久远越温凉

危险的事物固然是美丽的

譬如猛虎，譬如蔷薇

譬如泛蓝的情欲

融化于舌尖

梅子熟了

香气依然

扑朔迷离

午后，他独自醒来

微风吹拂野兽

仙人掌和小茶杯上

云彩缓缓飘过

念起

彼此的柔软

我，曾爱你像个孩子

窗外突然斑斓

鸟啼声有棱有角

野猫睡在阴凉处

万物静坐下来

我并非是思念你

我是为落叶所伤

必须在死
之前
进入死

一群白鸽站在阳光里
它们的背景是黑暗

万物美好
你在中央

要慷慨如阳光。不然就应当
像西西弗斯那样执着和高尚

生活的本质更像喜剧
阳光和一只猫
在草地上
亲昵

爱过之后
你走了
我的世界
突然轻了许多

他说，

『能让我低头的

只有美丽的事物。』

阳光美好
看见浮云

我即是佛
佛即是我

草地被挤出一条路
晚风吹散了炊烟
落叶像往事一样
历历在目

夏日的爱情
梦的蜂鸟
还有你

秋冬之交

每天晚上我们讲着悄悄话入睡

月光将尽时
飞鸟变得神秘
小镇却孤独了

晚风。月色浅薄
傲慢的心如凉水
连呼吸都变得
消瘦

一团粗暴的篝火
吞没了我们
狰狞的黑影，独占
孤寂的旷野

我依约而来

看见

萤火满天

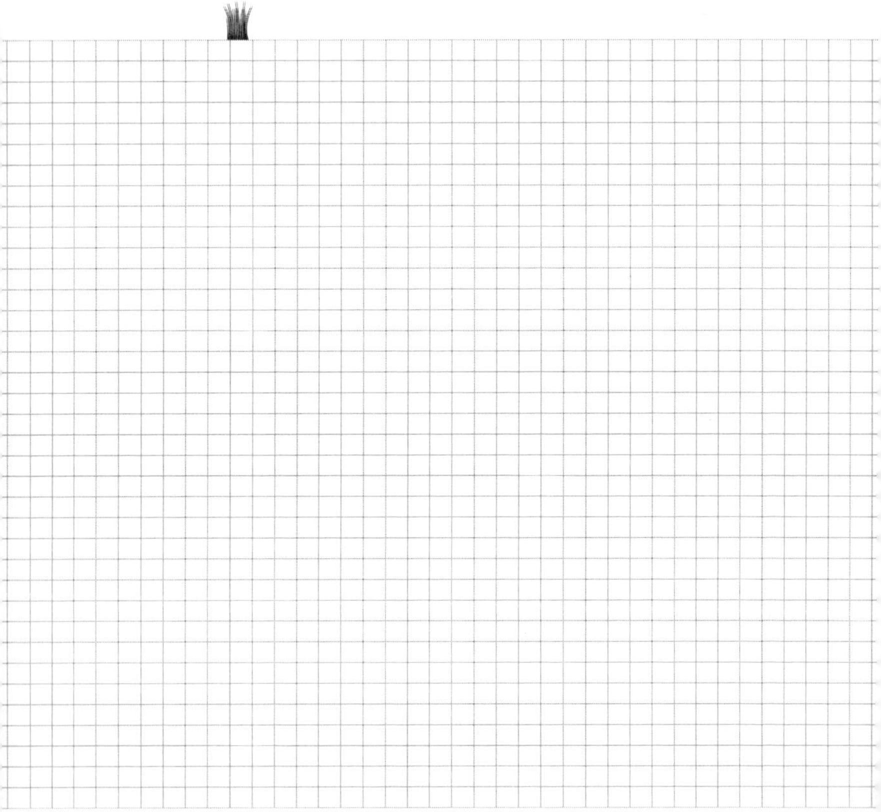

清晨，万籁俱寂

牛拉着我潜入桃林

落英霎时纷飞如雪

六月的雪花
纷纷落下

铁打的江山
如果子般绽裂

你坐在云端，双唇似火燃烧
而我只是偶然的过客
被一只云雀俘获

徜徉在月色中

每一个人

都应该有棱角和悲伤

落叶飞花

水流潺潺

夕阳外的世界

什么也看不到

出鞘的山峰
忽觉落花催人醒
尽在空虚处

一个少年穿过防风林
形而上和形而下的落日
悲伤时
他不掉一滴眼泪

如果可以

请你向潺潺溪水借点清凉
向五月的微风借点柔软
再向傍晚的夕阳赊点浪漫

她说
这样的拥抱最是理想

某日傍晚，想念鸟群

想念原野上一朵小小的花

还有夕阳闪耀在啤酒泡沫上

宇宙是一朵莲花
你，是我一个光明的伤口

小县城到了午夜

她的身影刚好

映在

月亮里，好美

山野郁郁葱葱

桃花涨满夜色

灿烂在睡梦中

我看不见悲伤

真实的谎言

明天朴素，我

和桃花灿烂

上一炷香
爱与恨
莲花一样绽放

我尚未告诉你
紧跟着丝瓜花盛开的
是我内心的甜蜜
秘而不宣

绿徐徐降下
日子是明媚的。唯独
你是我心事
最尖锐的部分

白云舒卷

叶落千山

我很爱你

但很平静

我是时间的祭品，时间也是我的祭品。

起风了

想你宁缺毋滥

念你落叶纷纷

薄凉的时光

曝晒着

我们曾经的爱情

壶里余温
未读完的信
被遗忘的词语
我已经无可失去
连孤独都是温暖的

附册

猫

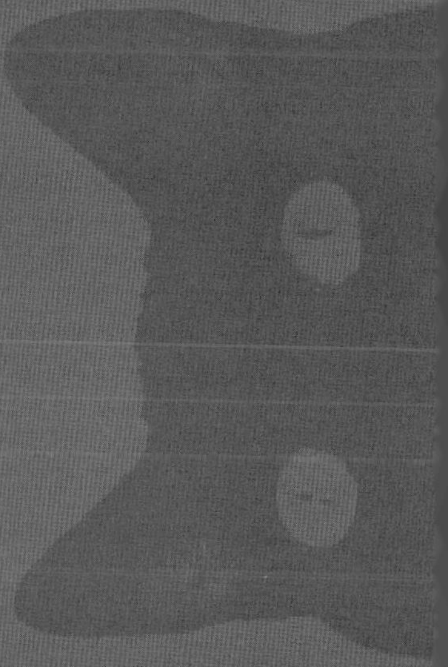

第一次猫

多少年了，我摸着猫过河

开了句玩笑

就让料峭春风吹开了第一次猫

这纯属杜撰

但我要将这个故事献给爱猫的人

也送给

相爱

且丢了猫的恋人们

烂漫成猫

青梅煮酒的日子
猫是一颗完美的子弹击中了我
我们急切地拥抱对方
猫用凝露般的嘴唇亲吻我
在她妩媚的阴影里
我烂漫成猫

我和我的猫

季夏之末。我拉开窗帘，云彩
废墟、水杉和伞松
然后是寂静。天蓝的日光
照进来，轻盈微妙致命
如同药片融在水里

“无从开始”，我的猫说，
穿上睡衣，径直走向窗前
对着我们最初相识的情景：
我们喝酒、下棋、聊天，谈论红楼
忘记了自己的家和名字

我的猫时而微笑，时而大发脾气
他正在阅读《存在与时间》
不言而喻。当一瞬间的感觉
就像我的钥匙插错了你的锁
两眼相对之间，世界醉意朦胧

“与其说等待，毋宁说是忘记”
我的猫说，“原谅是最好的报复方式”！
在我们狭小的天地里
我的猫还在阅读《存在与时间》
他时而微笑，时而大发脾气

花猫

仔细地看才会觉得可爱

看久一点会觉得更可爱

你也一样

玛丽莲·梦猫

玛丽莲·梦猫逃离了名利场

她拥有一切，因此她什么也没有

她惬意地走在阳光明媚的道路上

她是她的影子的所有者

猫相

猫就像心

猫就像命运

猫就像女人

猫就像美

猫就像理想

猫就像阴影

猫就像诡计

猫就像麻绳

猫就像毒品

猫就像水晶

猫就像灵柩

猫就像海岸

猫就像风暴

猫就像愿骨

猫就像腹部

猫就像绿洲
猫就像小船
猫就像激流
猫就像寒风
猫就像光
猫就像网络
猫就像书
猫就像雨雾
猫就像椅子
猫就像歌声
猫就像爱
猫就像绝壁
猫就像圆圈
猫就像轨迹
猫就像花

猫的孤独

猫的孤独
大如天空

没有任何孤独
比猫的孤独更大
更单纯更幼稚
更灿烂

猫的孤独
长度和我的一样
广度和我的一样
深度和我的一样

猫的孤独
近在咫尺
像凌晨的街道
像抽空的血管
像充饥的诗句

猫的孤独
越来越无法抗拒
举起我，同化我
将我放逐在
浩瀚的星系

像一只猫那样爱你

我是一只猫
我就要像一只猫那样爱你
我一直都是混蛋猫
我就一直像混蛋猫那样爱你

亲爱的，你知道
讨厌的同时也可以是喜欢的
喜欢和讨厌的感觉又不是完全
对立的，对吧？

黑猫

黑得像黑色幽默

我快没有猫了

医生说
我快没有猫了
纠结啊
怎么我就快没有猫了呢
人人都有猫
单单我快没有猫了

医生说
猫分两种
一、我猫故我在
二、我在故我猫
这两种有其一种都行
可是这两种猫我都快没有了

医生说
没猫，就意味着死亡
而我的猫正在日渐减少
我就快要死了，在这荒诞世间
在熙熙攘攘的人群中
我不禁大叫起来

落花时节又逢猫

猫眉目清秀
猫表情温文
猫倒映在我的心湖里

猫是万事万物
猫是爱，是暖
猫满是溢美之词

落花时节又逢猫
或许换上另一种视角
猫，就是你

猫

猫，嫣然一笑
宣纸上的小花桃红
点缀着黑墨

在寂静的王国
我们写诗，饮酒，做梦
我毫无保留地爱你

直到窗明几净——繁星满天

图书在版编目（C I P）数据

野兽和花朵 / 游天杰著 . -- 武汉 : 长江文艺出版社，2019.5

ISBN 978-7-5702-0894-4

Ⅰ. ①野… Ⅱ. ①游… Ⅲ. ①诗集－中国－当代 Ⅳ. ① I227

中国版本图书馆 CIP 数据核字（2019）第 033113 号

责任编辑：胡　璇　　　责任校对：毛　娟
装帧设计：阅客 · 书筑设计　　　责任印制：邱　莉　王光兴

出版：长江出版传媒 | 长江文艺出版社
地址：武汉市雄楚大街 268 号　　邮编：430070
发行：长江文艺出版社
http://www.cjlap.com
印刷：深圳市精彩印联合印务有限公司

开本：880 毫米 ×1230 毫米　1/32　印张：5.5　插页：4 页
版次：2019 年 5 月第 1 版　　2019 年 5 月第 1 次印刷

定价：58.00 元
